图书在版编目（CIP）数据

我恶心的动物邻居. 2, 苍蝇 /（加）埃莉斯·格拉韦尔著；黄丹青译. -- 西安：西安出版社，2023.4
ISBN 978-7-5541-6585-0

Ⅰ. ①我… Ⅱ. ①埃… ②黄… Ⅲ. ①儿童故事－图画故事－加拿大－现代 Ⅳ. ①I711.85

中国国家版本馆CIP数据核字（2023）第024616号
著作权合同登记号：陕版出图字25-2022-050

DISGUSTING CRITTERS:THE FLY
Text and Illustrations copyright © 2014 by Elise Gravel. All rights reserved. Simplified Chinese translation rights arranged with Painted Words Inc. through RightsMix LLC

我恶心的动物邻居 苍蝇 WO EXIN DE DONGWU LINJU CANGYING
[加]埃莉斯·格拉韦尔 著 黄丹青 译

图书策划	郑玉涵	责任编辑	朱 艳
封面设计	牛 娜	特约编辑	郭梦玉
美术编辑	张 睿 葛海姣

出版发行 西安出版社
地址 西安市曲江新区雁南五路1868号影视演艺大厦11层（邮编710061）
印刷 东莞市四季印刷有限公司
开本 787mm×1092mm 1/25 印张 12.8
字数 72千字
版次 2023年4月第1版
印次 2023年4月第1次印刷
书号 ISBN 978-7-5541-6585-0
定价 138.00元（共10册）

出品策划 荣信教育文化产业发展股份有限公司
网址 www.lelequ.com 电话 400-848-8788
乐乐趣品牌归荣信教育文化产业发展股份有限公司独家拥有
版权所有 翻印必究

我恶心的动物邻居

苍蝇

[加]埃莉斯·格拉韦尔 著
黄丹青 译

乐乐趣
西安出版社

让我为你们介绍一位热情的新朋友——

苍蝇。

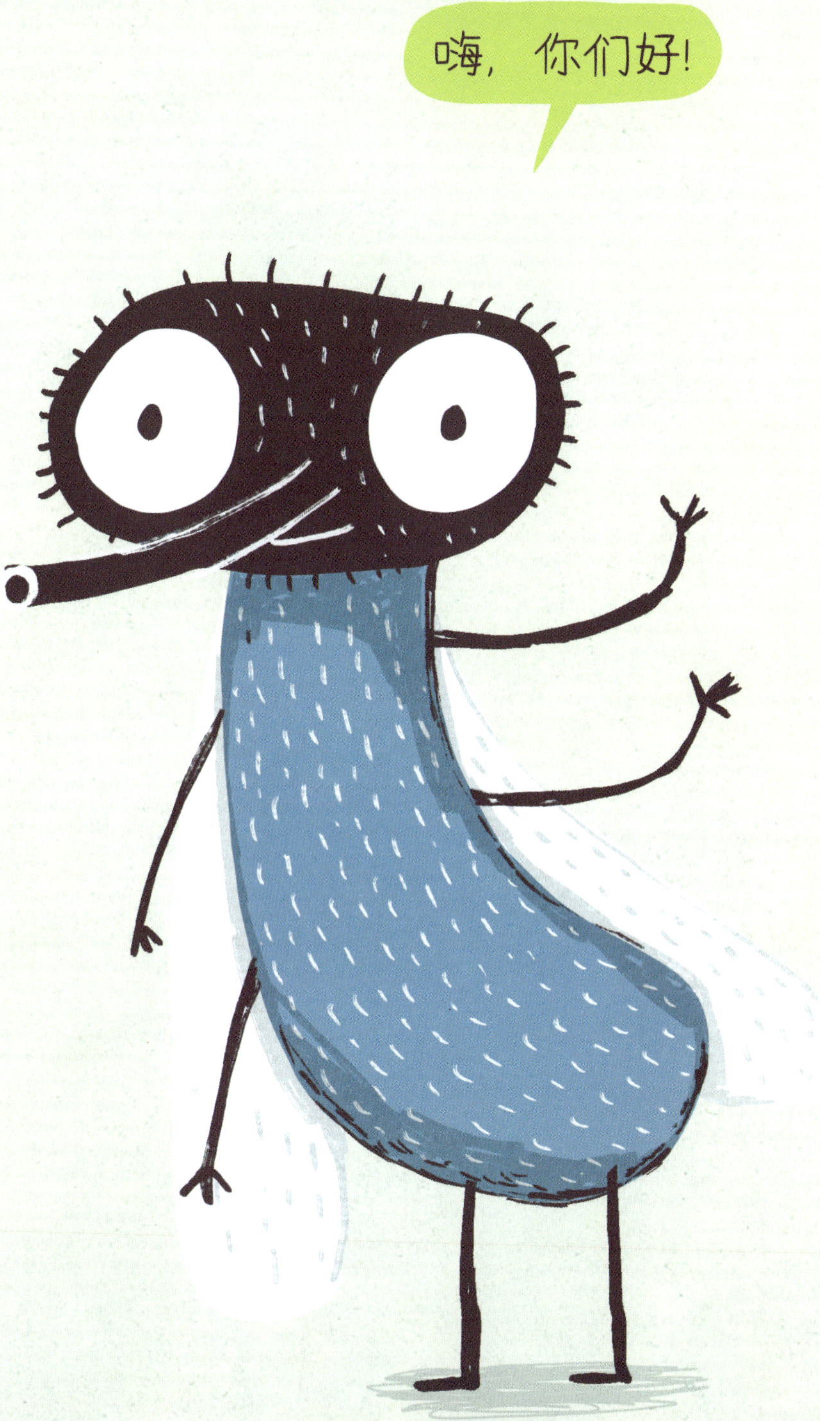
嗨，你们好！

苍蝇属于 **双翅目** 昆虫。"双翅目"的意思是有一对翅膀。

双翅爸爸

双翅妈妈

双翅宝宝

双翅少年

哟！

双翅表妹

双翅狗狗

全世界已知约有

120 000 种

像苍蝇一样的双翅目昆虫。

绿蝇

呸！你才是苍蝇！

肉蓝蝇

我一点儿也不胖！

哇，简直太美味了！

黑腹果蝇

它是果蝇家族的一员。

家蝇

它就是本书中的新朋友，苍蝇家族的一员。

全世界的垃圾桶任我翱翔。

家蝇，

我们这样叫它不是因为它是养在家里的宠物，而是因为它喜欢钻进

人类的家里。

我可不是狗狗!

啊，不是吗？

家蝇几乎遍布世界各地。人类是家蝇十分"要好"的朋友,因为我们为它提供住所和品类丰富的

食物
残渣。

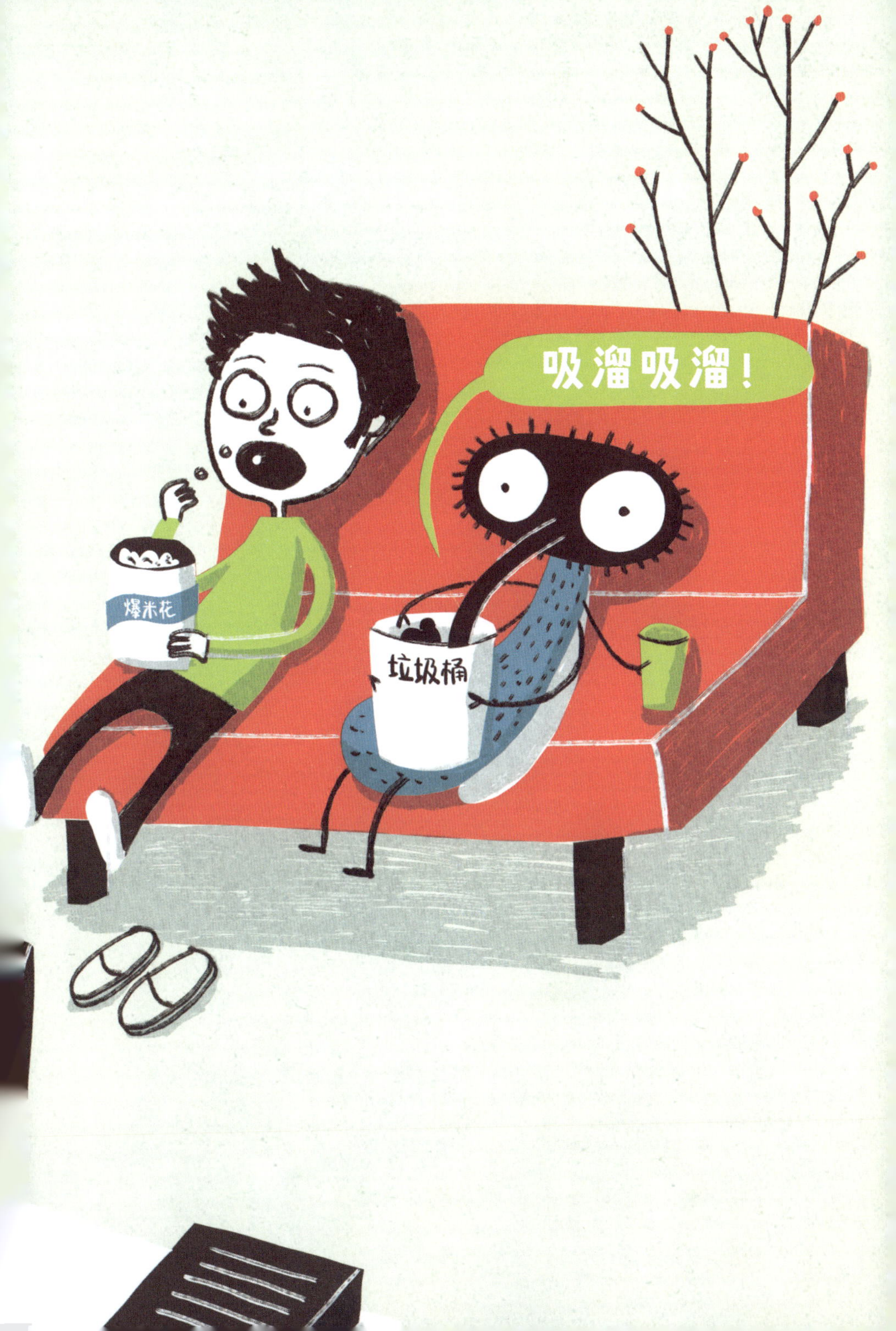
吸溜吸溜！
爆米花
垃圾桶

家蝇是灰色的,胸背部有4条黑色条纹,全身

长满细毛。

这么多胡子,可有的刮了。

家蝇长 5~8 毫米。雌性家蝇比雄性家蝇稍微大一点点。

家蝇的眼睛十分奇特，就像两个多面体，**许许多多的小眼**可以让它同时看到周围发生的一切。

我说过饭前不许吃狗屎！

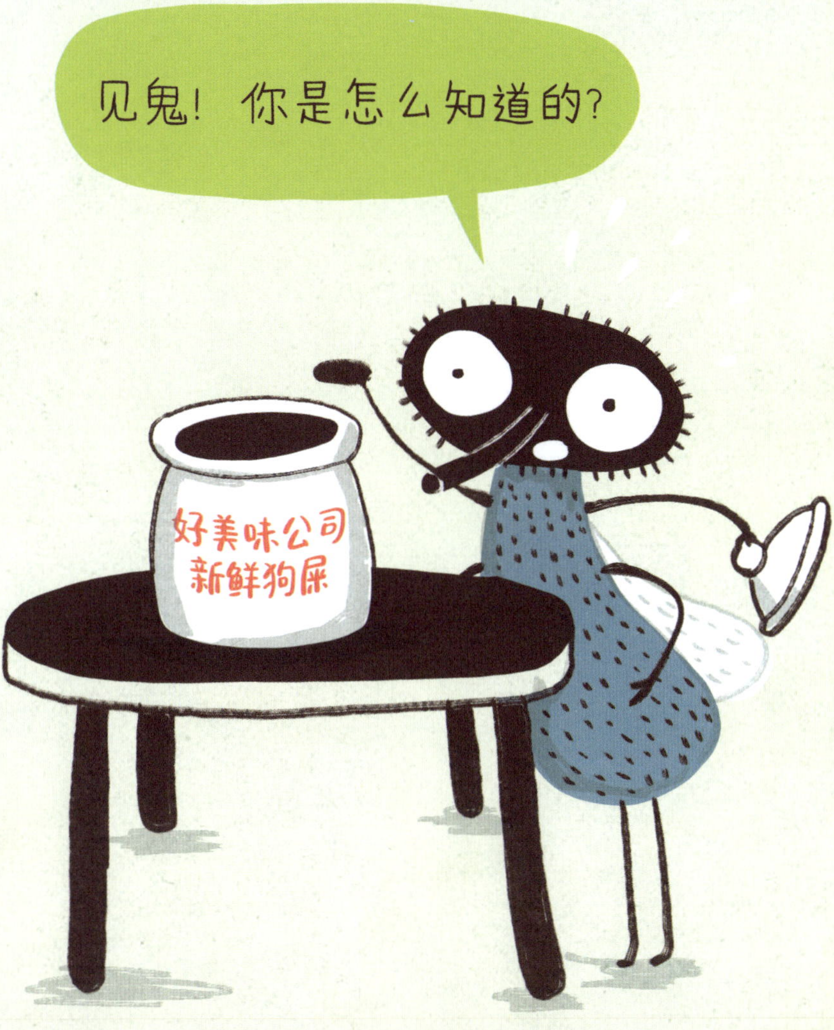
见鬼！你是怎么知道的？
好美味公司
新鲜狗屎

多亏了脚底钩子状的
刚毛
和可以分泌黏液的
爪垫，
家蝇才能在墙壁和天花板上
爬来爬去。

这很酷，但对于踢足球来说并不实用。

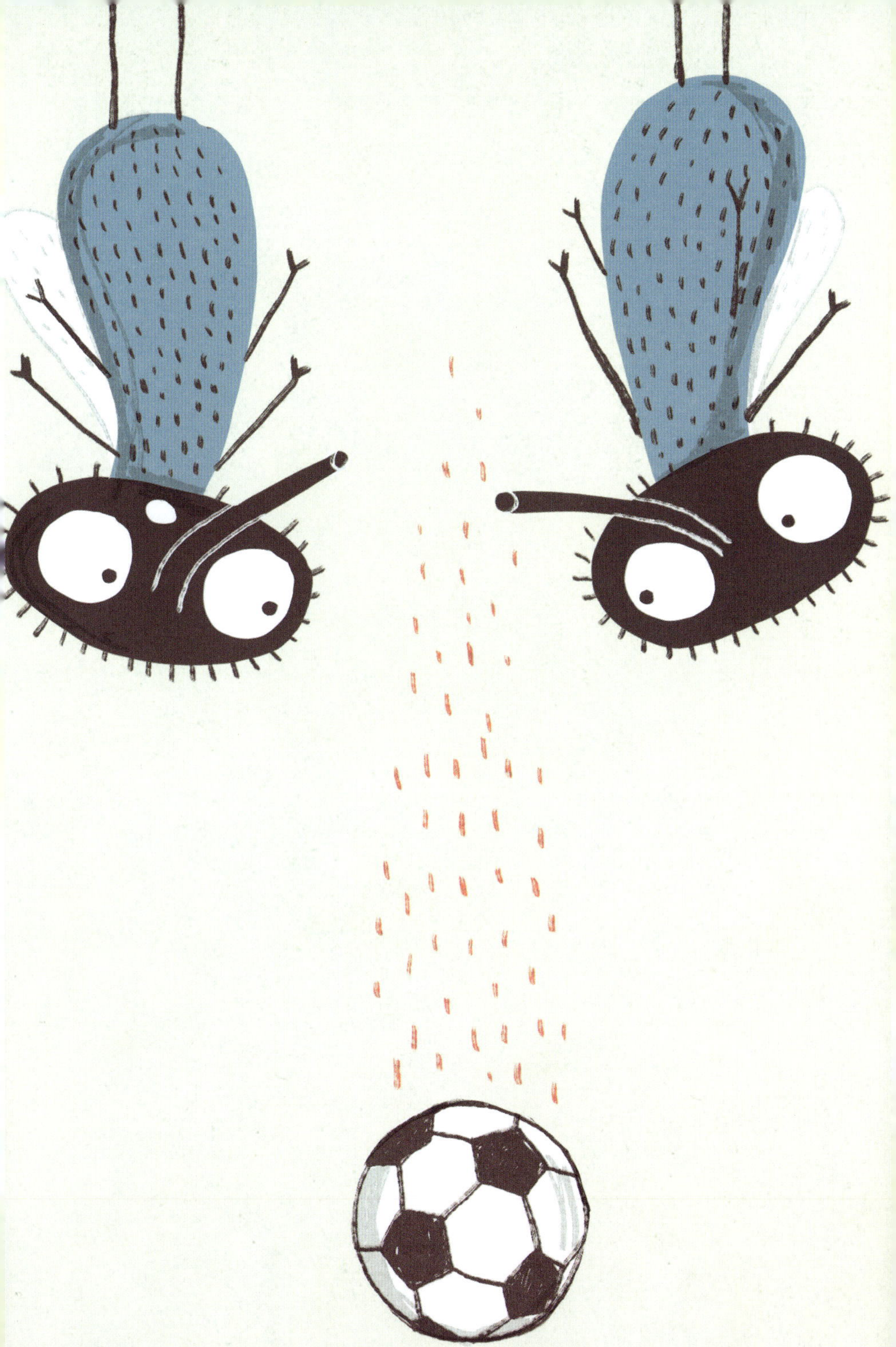

家蝇用长长的、管状的嘴来吸食食物。它只能吞咽

流质食物，

所以吃东西前，它会先吐一点儿消化液到食物上，以便能尽快溶解食物。

宝贝，你往食物上吐消化液了吗？

吐了，妈妈。

我的宝贝真棒。

噗！

家蝇喜欢吃味道

非常恶心 的食物。

> 我点一份垃圾汤汁作为开胃菜,然后再吃一片抹上腐烂番茄酱的脏脏尿不湿。

这位小姐,您真有品位。

雌蝇一次可以产约100粒卵。卵孵化后变成一种叫作蛆的幼虫,接着蛆变成蛹,最终变成家蝇。

1 蛆

2 蛹

3 家蝇

儿子,快来和新出生的98个弟弟妹妹打个招呼吧!

家蝇经常被其他动物当成食物吃掉，比如鸟类和蜘蛛。家蝇的寿命不长，一般只能活 **30 ~ 60** 天。

宝贝，10点前要回家，听明白了吗？

放心吧，妈妈！我不是小孩子了，我已经 6 天大了！

因为家蝇喜欢在垃圾和粪便上徘徊，所以它携带大量

细菌，

并且会传播多种

病毒。

> 您好，您订购流感病毒了吗？

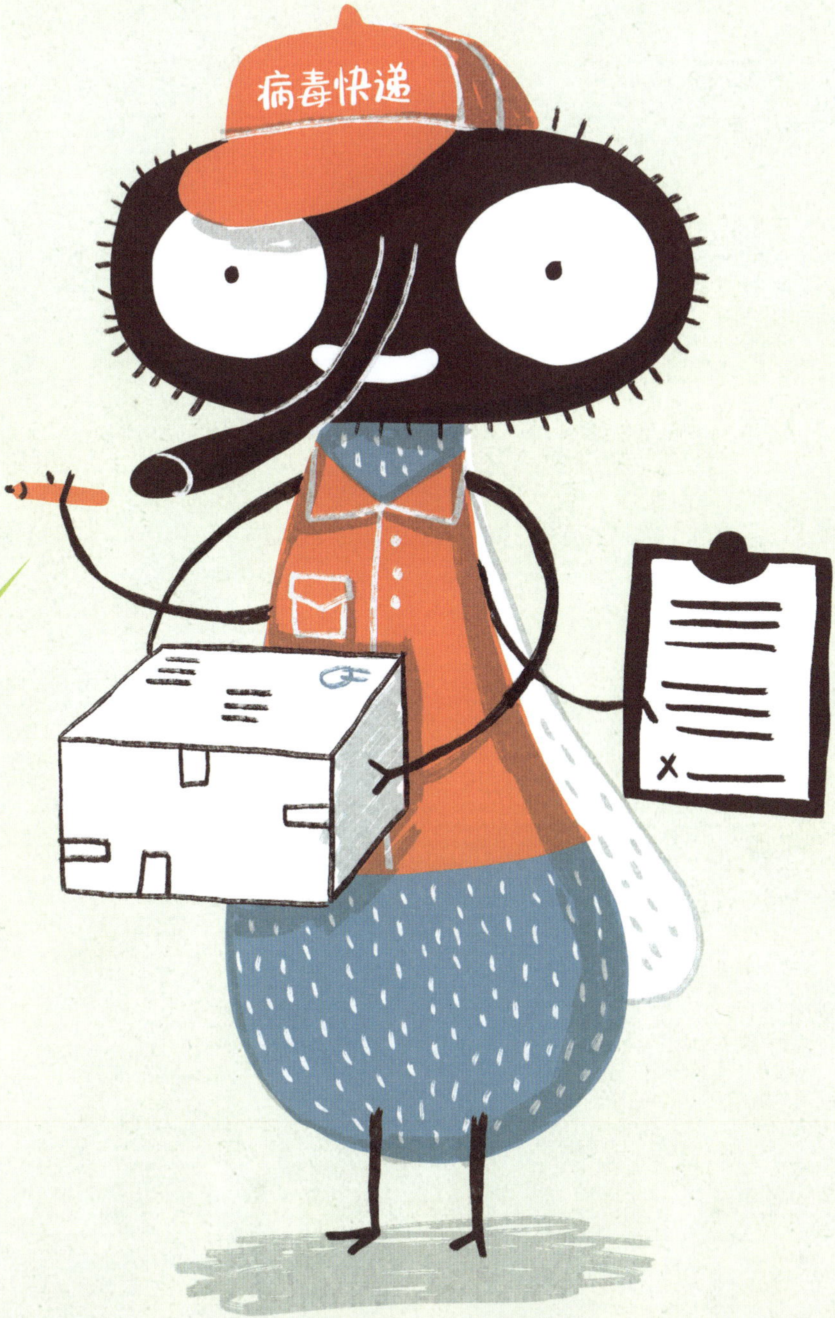
病毒快递

所以，下次如果有苍蝇想要分享你的汉堡包时，请确保它已经把**脚**洗干净了。

你有过期的蛋黄酱给我蘸薯条吃吗？

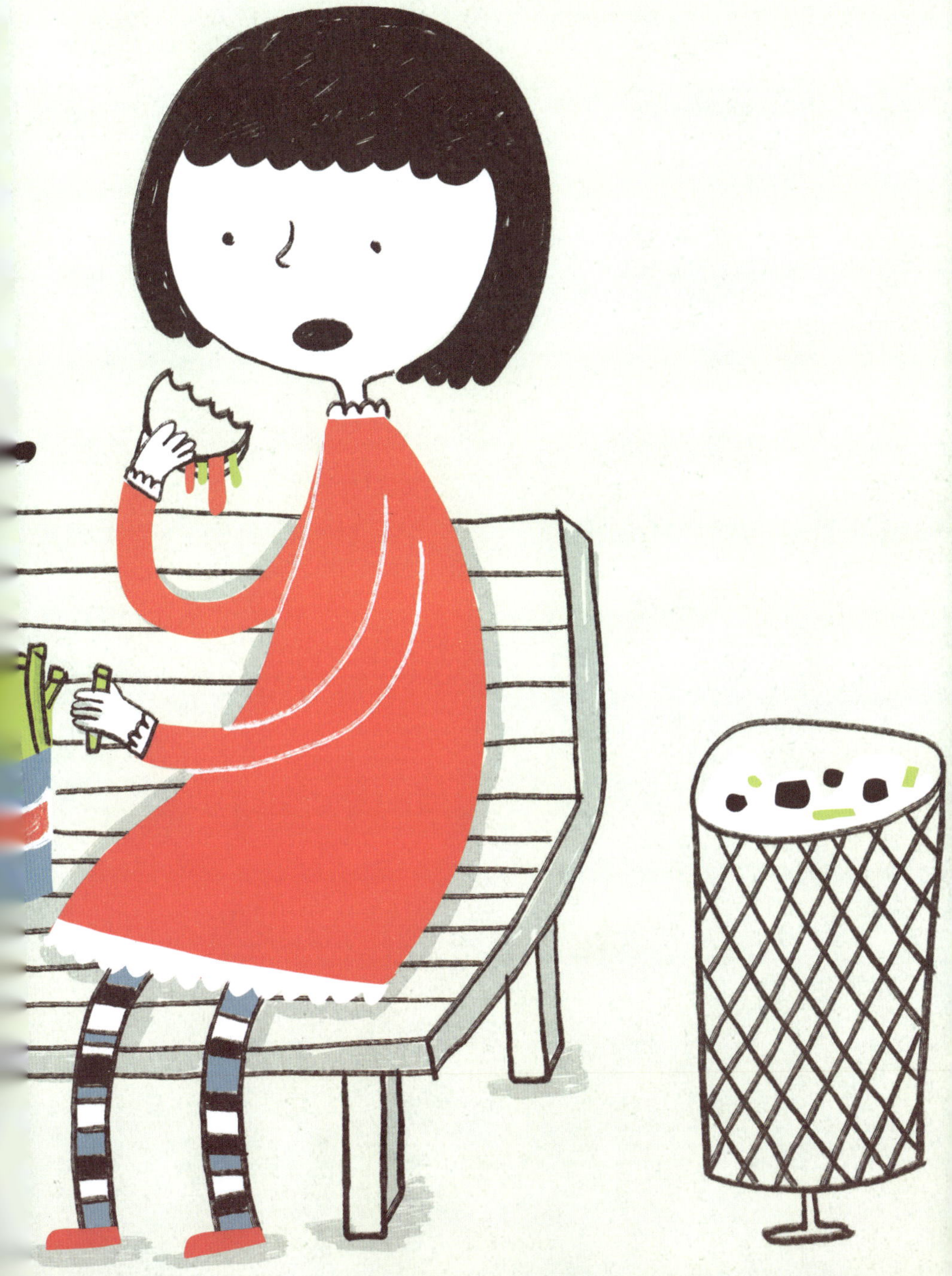

苍蝇小档案

独特之处 眼睛十分奇特，像两个多面体，上面有许许多多的小眼。

食物 垃圾桶里味道恶心的食物残渣。

特长 能在天花板上爬来爬去！

苍蝇是你有点儿恶心的动物邻居，像个会飞的垃圾桶。没错，切记把你的食物收好。